LE MIRACLE ÉTERNEL

Par

Jackson Eliya Namujanda

Contenu

Avant-propos

"Car Dieu a tant aimé le monde qu'il a donné son fils unique, afin que quiconque croit en lui ne périsse pas mais ait la vie éternelle. Car Dieu n'a pas envoyé son fils dans le monde pour condamner le monde, mais pour sauver le monde par lui.

Celui qui croit en lui n'est pas condamné, mais celui qui ne croit pas est déjà condamné parce qu'il n'a pas cru au nom du Fils unique de Dieu.

Telle est la condamnation: La lumière est venue dans le monde, mais les hommes ont aimé les ténèbres au lieu de la lumière parce que leurs actes étaient mauvais. Quiconque fait le mal déteste la lumière, et ne viendra pas à la lumière de peur que ses actes ne soient exposés.

Mais quiconque vit selon la vérité vient à la lumière, afin qu'il soit clair que ce qu'il a fait a été fait par Dieu".

Jean 3:16-21

Introduction

"Il y a eu la guerre dans le ciel. Michel et ses anges ont combattu le dragon, et le dragon et ses anges ont riposté. Mais ils n'étaient pas assez forts, et ils ont perdu leur place dans le ciel.

Le grand dragon a été précipité, cet ancien serpent appelé le diable, ou Satan, qui égare le monde entier. Il a été précipité sur la terre, et ses anges avec lui.

Puis j'ai entendu une voix forte dans le ciel dire "Maintenant le salut est arrivé, ainsi que la puissance et le royaume de notre Dieu, et l'autorité de son Christ. Car l'accusateur de nos frères, qui les accuse devant notre Dieu jour et nuit, a été jeté à terre.

C'est pourquoi réjouissez-vous, cieux et vous qui les habitez! Mais malheur à la terre et à la mer, car le diable est descendu vers vous! Il est rempli de fureur, car il sait que son temps est court."

Apocalypse 12:7-12

Dieu a créé le ciel, la terre, les anges et l'être humain. Les anges et l'être humain étaient tous deux des esprits. Puis Dieu a formé un corps à partir de la poussière de la terre et a mis l'esprit de l'homme à l'intérieur.

Dieu a mis cet homme sur la terre dans un endroit appelé le jardin d'Éden pour qu'il le gère. Être le gestionnaire de la terre et de tout ce qui s'y trouve. Cet homme et les anges ne pouvaient pas mourir tant qu'ils obéissaient à la parole de Dieu.

La tâche principale de l'ange était d'adorer, et la tâche principale d'un homme était de gérer la terre.

Cet homme sur terre s'appelait Adam. Il était seul dans le jardin. Puis Dieu lui a fait une femme, elle s'appelait Eve. Ils vivaient heureux dans le jardin d'Éden.

Adam et Ève avaient autorité sur tout ce qui était sur terre: les animaux, les oiseaux, la végétation, l'eau et même le vent.

Ils pouvaient appeler les lions à s'approcher d'eux et les lions pouvaient obéir, ils pouvaient dire aux arbres de bouger et ils pouvaient le faire. Ils pouvaient dire au vent de souffler et il pouvait obéir, et aucun animal n'en mangeait un autre.

Au ciel, l'ange appelé Lucifer a désobéi, il a refusé d'adorer Dieu, et a influencé les trois quarts des anges à l'adorer lui et non Dieu. Lorsqu'il a désobéi, son nom est devenu Satan, le diable ou le dragon.

Un autre ange puissant nommé Michael, ainsi que le quart qui est resté obéissant, a commencé la guerre avec Lucifer et son équipe. Michael gagna la bataille, et lança Lucifer et son équipe sur la terre.

La peine de désobéissance à Dieu est la mort, et rien d'autre. Lucifer et ses anges savaient qu'ils allaient bientôt mourir, alors ils ont choisi de jouer un sale jeu contre Dieu.

Leur jeu sur terre consiste à égarer la terre entière. Les anges sont des esprits, et les esprits n'ont pas de corps.

Pour remplir leur mission, ils ont donc eu besoin de corps afin de s'occuper d'abord du gestionnaire de la terre, puis détruire tout.

Satan, le père de la science, a oint le serpent pour parler avec Eve. Elle pensait que c'était le même serpent qu'elle avait l'habitude de voir dans le Jardin, mais cette fois-ci, ce n'était pas le cas.

Le serpent a séduit Eve, et elle a désobéi à Dieu en mangeant le fruit défendu; Eve a aussi donné Adam et quand tous deux ont mangé, ils ont découvert qu'ils sont nus.

Quel était vraiment le péché qu'Ève et Adam ont commis et se sont retrouvés nus? Etait-ce une pomme, une banane, un pruneau, une goyave, un ananas, une orange ou un raisin? Quel est le péché originel qu'ils ont commis?

Chapitre Premier
Le péché Originel

La science n'est pas la parole de Dieu, et elle n'est jamais venue de Dieu. Le premier scientifique était Satan lui-même, le diable, et il est le maître de la science.

La science a été nuisible à l'humanité et le sera toujours jusqu'à ce qu'elle détruise complètement la race humaine, car c'est sa mission.

Tout a commencé lorsque Satan a voulu s'occuper d'Adam et Eve, il est entré dans le serpent et a dit à Eve "*Si tu manges, tu ne mourras sûrement pas*", contrairement à ce que Dieu a dit.

La Bible dit que Dieu a créé un homme, mais la science dit que "l'humanité s'est développée à partir de singes", ce qui est le contraire.

Tous ces mensonges scientifiques ont commencé dans le jardin d'Eden.

Lorsque Satan a eu besoin d'un corps pour remplir sa mission maléfique sur terre, il est entré dans le serpent et a supplié Eve de manger le fruit. Depuis lors, Satan trompe les gens à ce sujet.

Ève a été séduite par Satan incarné dans le serpent. Et le mot *"séduire"* signifie *"souiller"*.

Le serpent a fait l'amour avec Eve, puis plus tard avec Adam et a engendré des jumeaux.

Il n'y a rien qu'un couple puisse manger et se retrouver nu, à part faire l'amour. Il n'y a rien d'agréable pour personne que de faire l'amour. Faire l'amour a été un problème et il le restera.

"Adam a nommé sa femme Eve, parce qu'elle était la mère de tous les vivants. Il l'a nommée pour une raison, pas pour s'amuser.

"Adam connut sa femme Eve et elle tomba enceinte et donna naissance à Caïn. Elle dit: "Avec l'aide du Seigneur, j'ai enfanté un homme". Plus tard, elle a donné naissance à son frère Abel".

Genèse 4:1-2

Caïn n'était pas l'enfant d'Adam. C'était l'enfant du Serpent, un fils du diable, un enfant issu de la science.

Ces deux garçons étaient des jumeaux, Caïn est arrivé le premier et plus tard Abel est sorti.

Caïn travaillait la terre, il était bon en agriculture, il labourait la terre, et son frère Abel gardait le troupeau, un gardien de moutons.

"Le serpent était plus rusé que tous les animaux sauvages que le Seigneur Dieu avait créés."

Genèse 3:1

Tel père tel fils, Caïn était l'enfant parfait du serpent, il était rusé comme son père, et ses enfants et petits-enfants étaient plus rusés que quiconque, mais comme leurs grands-parents.

"Caïn connut sa femme et elle tomba enceinte et donna naissance à Hénoch. Caïn construisit une ville, et lui donna le nom de son fils Hénoch."

Genèse 4:17

Son petit-fils Jabal, était le père de ceux qui habitent sous les tentes et qui ont du bétail.

Son petit-fils Jubal, était le père de ceux qui jouent de la harpe et de la flûte.

Son petit-fils Tubal-Caïn, était l'instructeur de tous les artisans en bronze et en fer.

Genèse 4:18-22

La génération de Caïn était une génération de scientifiques, de gens riches, mais mauvais. Ils savent tout, ils sont intelligents, ils sont intelligents et tout ce qui vient du diable.

Le monde voit le Serpent comme un reptile. Il est devenu reptile après la malédiction. Avant la malédiction, il était comme un être humain.

"L'Éternel Dieu dit au serpent : parce que tu as fait cela, tu es maudit plus que tout le bétail et plus que toutes les bêtes des champs ; sur ton ventre tu iras, et tu seras poussière tous les jours de ta vie."

Genèse 3:14

12

Le serpent est le chaînon manquant entre les animaux et l'humanité. Parce qu'il était maudit, le diable l'a utilisé pour faire désobéir les hommes à la parole de Dieu.

Dans la vie, le plus bas est la grenouille, et le plus haut est un homme. De la grenouille au singe, puis au chimpanzé, puis au serpent qui était vraiment comme un homme.

Satan a utilisé sa formule scientifique pour mélanger le sang du serpent et le sang de l'homme. Le péché originel est le mélange du sang; le mélange du sang humain et du sang animal.

La formule de mélange vient de Satan. Et les scientifiques savent qu'une fois que l'on mélange deux choses, c'est la mort. Il y a une grande possibilité qu'un hybride ne se reproduise pas à nouveau.

Comme une mule. C'est le mélange d'un âne et d'un cheval. Satan est le maître de la science et du satanisme.

Dieu a maudit le serpent pour qu'il ne soit plus un humain mais un reptile. Et tout le monde peut le voir, mais parce que Satan ne veut pas être exposé, il utilise la science pour tromper les gens.

Le serpent, Satan, la science, le satanisme, tout cela est identique. Il n'y a aucune différence entre eux; il suffit de la révélation de Dieu pour les comprendre.

"Et je mettrai l'inimitié entre ta semence et la femme, et entre ta progéniture et la sienne; il t'écrasera la tête, et tu le frapperas au talon."

Genèse 3:15

Dieu annonça l'inimitié entre la semence du serpent et la semence de la femme. Mais la femme a-t-elle une semence?

Caïn a tué son frère. Pourquoi a-t-il fait cela? Pour prouver qu'il est vraiment la semence du Serpent, le fils du diable.

Tuer son frère montre qu'il est la mort, il est le problème de la terre.

Après avoir mangé le fruit qui se trouvait au milieu du Jardin, ils se sont retrouvés nus.

Après avoir mangé, le poison du serpent a pénétré dans Eve; elle avait la mort en elle et comme la mort est entrée par une femme, elle doit ressortir par une femme.

Adam et Ève n'ont pas compris, après avoir mangé, ils sont allés prendre les feuilles et se sont couverts.

"Alors les yeux de chacun d'eux s'ouvrirent, et ils se rendirent compte qu'ils étaient nus; alors ils cousirent des feuilles de figuier ensemble et se couvrirent."

Genèse 3:7

Adam et Ève ont reçu l'ordre de ne pas manger le fruit. Ils pensaient qu'il s'agissait en fait d'un fruit comme une mangue ou une orange.

 Ces fruits ne sont pas au milieu. Il n'y en a qu'un qui se trouve au milieu du Jardin, et il saigne.

Quand ils ont réalisé qu'ils étaient nus, ce qui leur est venu à l'esprit est qu'ils mangent le fruit.

15

Alors, ils sont allés prendre des feuilles pour se couvrir mais voit comment Dieu a fait le contraire.

"Le Seigneur Dieu a fait des vêtements de peaux pour Adam et sa femme et les a habillés."

Genèse 3:21

Qui lui a donné ces peaux? Dieu a abattu un animal et le sang en est sorti, puis il les a recouverts de ces peaux; ce qui signifie qu'il y a une relation entre le péché et le sang. Et depuis ce temps, Dieu demande le sang comme sacrifice du péché.

Dieu savait ce que faisaient Adam et Eve, c'est pourquoi il a abattu un animal et les a couverts de sang.

Si vraiment ils ont mangé un fruit normal, alors d'où vient cette question du sang, car les fruits n'ont pas de sang.

Pourquoi Jésus a-t-il dû saigner sur l'arbre du Calvaire ? Etait-ce pour s'amuser? Pourquoi dit-on que Jésus est mort pour le péché du monde ?

Pourquoi nous a-t-il rachetés par son sang ?

"Alors Dieu dit. "Que la terre produise de l'herbe, l'herbe qui donne de la semence, et l'arbre fruitier qui donne du fruit selon son espèce, dont la semence (-) Et Dieu vit qu'elle était bonne."

Genèse 1:11

La parole de Dieu ne change pas. Elle reste toujours la même comme il reste le même.

La loi de la reproduction dit que tout doit se reproduire selon son espèce. Un chien doit reproduire un chien. Un cheval doit reproduire un cheval. Un âne doit donner naissance à un âne.

Quand les hommes hybrident un âne mâle et un cheval femelle, cela donne une mule, stérile, qui ne peut pas se reproduire elle-même, la mort. Une mule n'a pas été créée par Dieu, elle a été créée par la science, tout comme Satan a créé Caïn.

Quand Satan a hybridé le sang du Serpent avec celui de la femme, Caïn est sorti, c'était la mort.

Le sang du serpent a souillé le sang de l'homme, de sorte que tous ceux qui sont nés de son sang par Ève ont déjà été gâtés. Le serpent et Ève ont enfreint la loi de la reproduction.

Le problème n'était pas qu'Adam et Ève mangeaient le fruit, mais le Serpent et Ève puis Adam. C'est parce que le sang du serpent et le sang humain étaient mélangés, et ce mélange était contraire à la loi de la reproduction.

Le sang du serpent est la cause des maladies et de tous les problèmes dans le corps humain. Le sang est la vie, le serpent a un poison, ce poison a rendu l'homme faible et de ce fait, l'homme ne peut plus vivre éternellement parce qu'il a déjà une faiblesse quelque part.

Il a perdu son pouvoir, il a perdu son autorité et tout sur terre est devenu désorganisé.

Le lion a commencé à manger d'autres animaux, Adam et Eve ont commencé à souffrir à cause du poison de ce serpent.

Maintenant, pour qu'un être humain puisse vivre à nouveau pour toujours comme avant, il avait besoin de quelqu'un au sang pur qui n'était pas encore empoisonné pour saigner; pour mourir en leur nom afin qu'ils puissent vivre à nouveau pour toujours comme avant.

C'était difficile et impossible car il n'y avait pas d'autre être humain qu'Adam et Eve.

Dieu leur a promis une semence de femme. Une semence de femme signifie un enfant né d'une femme elle-même sans connaître d'homme, ce qui est également impossible.

"Au sixième mois, Dieu envoya l'ange Gabriel à Nazareth, une ville de Galilée, à une vierge promise à un homme nommé Joseph, un descendant de David. Le nom de la vierge était Marie.

L'ange s'approcha d'elle et lui dit: "Salutations, toi qui es très favorisé! Le Seigneur est avec vous. Marie était très troublée par ses paroles et se demandait quel genre de salutation cela pouvait être.

L'ange lui dit: "N'aie pas peur Marie! Toi, tu as trouvé grâce auprès de Dieu. Tu seras enceinte et tu donneras naissance à un fils, et tu lui donneras le nom de Jésus. (...)"

Luc 1:16-31

Marie était vierge et fiancée de Joseph comme Eve était vierge et fiancée d'Adam. Le serpent a mis sa semence dans Eve avant Adam, de même que le Saint-Esprit a mis la semence dans Marie avant Joseph. Donc ce qu'Eve a commencé, Marie devait le terminer.

Eve a donné naissance à la mort, Caïn le tueur, plein de jalousie et fils du diable. Caïn fut la cause de maladies, de souffrances, de guerres, de suicides, de terrorisme, etc.

Marie a donné naissance à la vie, Jésus le guérisseur, plein d'amour et fils de Dieu, la cause de la vie éternelle, la puissance de Dieu dans l'être humain et le miracle éternel.

Jésus était l'accomplissement de ce que Dieu a dit à Adam et Eve dans le jardin d'Eden.

20

"Et je mettrai l'inimitié entre ta semence et la femme, et entre ta progéniture et la sienne; il t'écrasera la tête, et tu le frapperas au talon."

Genèse 3:15

"Car un enfant nous est né, un fils nous est donné, et le gouvernement sera sur son épaule. Et il sera appelé Merveilleux, Conseiller, Dieu puissant, Père éternel, Prince de la paix."

Esaïe 9:6-7

Le sang de Jésus était un sang pur. Il a été créé par Dieu lui-même, tout comme le sang d'Eve et d'Adam a été créé.

Aucun homme ne pouvait en racheter un autre; aucun homme ne pouvait mourir au nom de l'être humain, car le sang de chacun est plein de péché, souillé et gâté par le Serpent.

Satan avait le pouvoir sur l'esprit humain grâce à son sale jeu qu'il jouait dans le jardin d'Eden. Pour que les hommes retrouvent leur pouvoir, il leur fallait un rédempteur qui puisse en payer le prix.

Et le prix était du sang pur. C'est pourquoi il est écrit: *"En Lui nous avons la rédemption par son sang, le pardon des péchés, selon les richesses de la grâce de Dieu"*

Ephésiens 1:7

"Quand Jésus eut reçu le vin aigre, il dit: "C'est fini !" Et s'inclinant la tête cachée, il abandonna son esprit."

Jean 19:30

Jésus a dit: *"C'est fini!"* Qu'est-ce qui est terminé? La mission de rachat, le paiement est terminé. Il est mort entre la terre et les cieux pour montrer à tous ceux qui le regardent que si vous obéissez et croyez en lui qu'il a payé ce prix, vous vivrez comme il est écrit:

"De même que Moïse éleva le serpent dans le désert, ainsi le fils de l'homme doit être élevé, afin que quiconque croit en lui ait la vie éternelle."

Jean 3:15

22

Jésus est mort pour le péché du monde. Il est appelé l'Agneau de Dieu. Souvenez-vous que dans le jardin d'Eden, Dieu a abattu un animal dans le jardin et les a couverts de la peau.

Avant la mort de Jésus, tous ceux qui avaient péché auparavant devaient apporter un animal au prêtre, qui devait être tué en son nom.

Car il est écrit *"le salaire du péché, c'est la mort"*. Quand on pèche, on doit mourir.

Jésus est venu donner à l'homme le pouvoir de vivre pour toujours. Si vous croyez en lui, vous obtenez le pouvoir sur le péché et sur la mort.

"Et quand Jésus s'est remis à crier d'une voix forte, il a abandonné son esprit. A ce moment, le rideau du temple se déchira en deux de haut en bas. La terre trembla et les rochers se fendirent.

Les tombes se sont ouvertes et les corps de nombreux saints qui étaient morts ont été ramenés à la vie.

Matthieu 27:50-53

Comme l'a dit Jésus: *"C'est fini"*, ceux qui sont morts sont revenus à la vie. La mort n'a plus aucun pouvoir chez ceux qui croient en Jésus-Christ, le sauveur de l'humanité. Le prix a été payé. Recevez-le au nom de Jésus-Christ.

Dieu n'aime pas les hybrides parce que c'est contre sa parole. La science aime les hybrides parce que c'est pour le diable.

Tout est hybride aujourd'hui, et c'est pourquoi nous avons plus d'hommes et de femmes faibles, plus de maladies qu'auparavant.

Jésus a remercié son père d'avoir caché ces choses aux sages et aux intelligents, et les a révélées aux jeunes enfants.

Les scientifiques ne peuvent pas accepter la vérité parce qu'il n'y a pas de vérité en eux. Satan les a aveuglés au point que même si vous leur montrez la vérité, ils ne peuvent pas y croire.

Caïn, dans le jardin d'Éden, est venu avec la théorie selon laquelle Adam et Ève ont mangé le fruit, et a prouvé sa théorie en apportant des fruits en guise de sacrifice.

Dieu a refusé son sacrifice parce que le problème ne concernait pas les fruits d'un arbre mais du milieu du Jardin; le fruit qui saigne.

"Et au fil du temps, il arriva que Caïn apporta une offrande de la terre au Seigneur.

Abel apporta aussi des premiers-nés de son troupeau et leur graisse. Et l'Éternel respecta Abel et son offrande.

Mais il n'a pas respecté Caïn et son offrande. Et Caïn fut très irrité, et son visage tomba."

Genèse 4:3-5

Dieu a respecté l'offrande d'Abel parce qu'il a fait ce qu'il fallait. Il a apporté du sang pour couvrir son péché.

Caïn a apporté des légumes comme beaucoup le font encore et a perdu du temps à discuter si Eve a mangé un fruit ou s'est couchée avec un serpent.

Cette mentalité vient du diable. Le diable connaît la vérité et refuse toujours de l'accepter.

"Alors le seigneur dit à Caïn: "Pourquoi es-tu en colère?" et "Pourquoi ton visage est-il tombé?" "Si vous réussissez, ne serez-vous pas accepté? Et si vous ne faites pas bien, le péché est à votre porte et son désir est pour vous, mais vous devez le dominer".

Genèse 4:6-7

Dieu a dit à Caïn qu'il y a un péché à ta porte et que tu dois le vaincre comme Abel, fais comme ton frère, et j'accepterai que le péché te désire autrement.

Il a refusé et a décidé de tuer son frère. C'est la même chose avec les scientifiques, quand quelqu'un leur dit la vérité, ils le tuent.

De même avec les soi-disant religieux; quand ils sont réprimandés, ils commencent à chercher des raisons pour tuer cette personne! Mais pourquoi ne peuvent-ils pas changer, pourquoi ne peuvent-ils pas faire ce qui est bon? Parce qu'ils sont du mal, ils ne peuvent pas changer.

Le péché est vaincu par le sang. Satan est vaincu par le sang et rien d'autre. En dehors du sang, le diable s'occupera de vous correctement.

"Ils l'ont vaincu par le sang de l'agneau et par la parole de leur témoignage, et ils n'ont pas aimé leur vie jusqu'à la mort."

Apocalypse 12:11

Il y a de la puissance dans le sang, la vie est dans le sang. Si vous enlevez tout le sang d'une vache et que vous y mettez du sang de porc, cette vache se comportera comme un porc; car les habitudes du porc sont dans son sang. Tout ce qu'un porc fait, c'est grâce à son sang.

Le sang du Serpent qui a entré dans l'être humain rend tout le monde coupable du péché qu'Adam et Eve ont commis.

"Voici que je suis né dans l'iniquité, et c'est dans le péché que ma mère m'a conçu."

Psaume 51:5

David a dit: *"C'est dans le péché que ma mère m'a conçu !"*

27

Tout être humain est né dans l'iniquité et conçu dans le péché; cela signifie que nul n'est né saint en dehors de Jésus-Christ de Nazareth; il n'a pas été conçu dans le péché.

"Et je vis un ange puissant qui proclamait d'une voix forte: qui est digne de rompre les sceaux et d'ouvrir le parchemin?

Mais personne dans le ciel, ni sur la terre, ni sous la terre, ne pouvait ouvrir le parchemin ni même regarder à l'intérieur.

J'ai pleuré et pleuré parce que personne n'a été jugé digne d'ouvrir le parchemin ou de regarder à l'intérieur.

Alors un des anciens m'a dit: "Ne pleure pas! Tu vois, le Lion de la tribu de Juda, la Racine de David, a triomphé. Il est capable d'ouvrir le parchemin et ses sept sceaux".

Puis j'ai vu un Agneau, qui semblait avoir été tué, debout au centre du trône, entouré par les quatre créatures vivantes et les anciens. (-)

Il vint et prit le parchemin de la main droite de Celui qui était assis sur le trône. Et quand il l'eut pris, les quatre êtres vivants et les vingt-quatre vieillards se prosternèrent devant l'agneau.

Chacun d'eux avait une harpe et ils tenaient des coupes d'or remplies de parfums, qui sont les prières des saints.

Et ils ont chanté un nouveau chant: "Tu mérites de prendre le livre le rouleau et d'en ouvrir les sceaux, car tu as été tué, et avec ton sang tu as acheté pour Dieu des hommes de toute tribu, de toute langue, de tout peuple et de toute nation.

Tu les as faits royaume et prêtre pour servir notre Dieu, et ils régneront à jamais sur la terre".

Apocalypse 5:3-10

Marie était de la tribu de Juda, la maison de David. Et Jésus étant la semence d'une femme, il devait prendre le nom de la tribu de sa mère.

Personne n'était digne de racheter toutes les tribus de la terre, Jésus seul pouvait le faire.

Et ceux qui croient en lui, régneront pour toujours et à jamais sur la terre.

"Si nous confessons nos péchés, il est fidèle et juste et nous pardonnera nos péchés et nous purifiera de toute iniquité."

1 Jean 1:9

Jésus a payé le prix au Calvaire pour tous ceux qui veulent vivre éternellement et à jamais sur la terre comme Adam et Eve l'ont vécu auparavant. Il n'y a eu ni mort, ni maladie, ni vieillissement, juste la paix et l'amour.

Dieu doit accomplir en vous un miracle éternel pour que vous puissiez vivre éternellement. Et ce miracle se produit lorsque vous recevez la vie éternelle, le Saint-Esprit en vous.

Chapitre Deux
Le jour du Jugement

Le monde a été jugé plusieurs fois par Dieu, et nous sommes proches du dernier jugement qui est définitif.

Satan a égaré le monde, mais Dieu est venu dans un corps humain appelé Jésus et en a payé le prix. Depuis lors, tout être humain a droit au salut par l'intermédiaire de Jésus-Christ.

Mais comme nous l'avons vu dans le premier chapitre, on dit aux gens de bien faire, mais ils refusent et nous avons vu que le salut n'est que par le sang.

"Alors il dira aussi à ceux de la main gauche "éloignez-vous de moi, maudits, dans le feu éternel préparé pour les démons et ses anges".

Matthieu 25:41

Dans cette écriture, Jésus parlait de ce qui se passera au jour du jugement dernier.

Que les gens seront divisés en deux groupes: ceux qui ont fait le bien et ceux qui ont fait le mal.

Ce jugement final a été rendu pour Satan et ses anges. Mais parce qu'il y a des hommes qui ont refusé de se repentir et ont suivi la voie de Caïn, ils seront également jugés avec le diable leur père.

Avant l'arrivée de ce dernier jour, Dieu a rendu des jugements en différents endroits pour enseigner aux hommes que le jugement dernier aura sûrement lieu et qu'ils doivent lui obéir, mais les hommes semblent s'opposer fortement à Dieu.

Dieu a dit un jour à Abraham que ses descendants iront dans un pays étranger pendant quatre cents ans, mais qu'il les en fera sortir par sa main puissante.

Israël, en tant que semence d'Abraham, est allé en Égypte et lorsque Dieu a envoyé Moïse pour les emmener en Palestine.

Le pharaon refusa de les laisser partir. Dieu décida de lui donner une leçon en tuant les premiers nés, y compris les siens.

"Cette même nuit, je traverserai l'Égypte et j'abattrai tous les premiers-nés, hommes et animaux, et je porterai le jugement sur tous les dieux d'Égypte. Je suis l'Éternel.

Le sang sera pour vous un signe sur les maisons où vous êtes; et quand je verrai le sang, je passerai sur vous.

Aucun fléau destructeur ne vous touchera quand je frapperai l'Égypte."

Exode 12:12-13

Avant de les tuer, Dieu a dit à Israël de couvrir leurs maisons avec le sang, car l'ange passera maison après maison, et là où il n'y a pas de sang, il tue.

Toute maison où il n'y avait pas de sang, son premier né était sûrement mort, qu'il s'agissait d'un animal ou d'un être humain.

Il y a de la vie dans le sang. Dans chaque maison, un agneau ou une chèvre devrait mourir à la place du premier né.

Les Juifs ont eu la révélation de ce qui devait être fait pour que leurs maisons soient sécurisées, mais les Egyptiens n'ont pas eu cette révélation.

Pour épargner leur vie, chacun devait tuer une chèvre ou un agneau et appliquer le sang sur la porte pour la sécurité du premier né.

Quiconque aimait sa famille ou sa vie devait appliquer le sang; à défaut, la mort pouvait frapper sa maison.

Être le juif ou un Égyptien n'avait pas d'importance tant qu'il n'était pas protégé par le sang, il pouvait mourir.

Il en va de même aujourd'hui. La protection est sous le sang de Jésus et nous l'appliquons en confessant nos péchés.

Quiconque n'est pas protégé par le sang de l'agneau mourra.

Abel savait ce qui devait être fait et a amené l'agneau à mourir à sa place. Même si Caïn l'a tué, son esprit est toujours vivant et il vivra à nouveau pour toujours.

Nous voici à nouveau confrontés à la question du sang. Lorsque Jésus n'était pas encore crucifié, les gens utilisaient le sang d'une chèvre et d'un agneau pour couvrir leurs péchés.

Cela se faisait comme un substitut jusqu'à la venue du sang pur. Et lorsque Jésus est mort au Golgotha, ceux qui ont appliqué du sang d'animal pour couvrir leurs péchés avant leur mort physique sont ressuscités.

Mais depuis la mort de Jésus-Christ la semence de la femme, les hommes n'ont plus besoin du sang des animaux. Ce dont ils ont seulement besoin, c'est de la confession de leurs péchés et de s'unir en esprit avec Jésus pour obtenir le pouvoir sur le péché, et la mort.

"Ne savez-vous pas que celui qui s'unit à une prostituée ne fait qu'un avec elle dans son corps? Car il est écrit: "Les deux deviendront une seule chair"

Mais celui qui s'unit au Seigneur est un avec lui dans l'esprit. Fuyez l'immoralité sexuelle.

Tous les autres péchés qu'un homme commet sont en dehors de son corps, mais celui qui pèche sexuellement pèche contre son propre corps.

Savez-vous que votre corps est un temple du Saint-Esprit, qui est en vous, que vous avez reçu de Dieu? Vous n'êtes pas à vous; vous avez été acheté à un prix. Par conséquent, honorez Dieu avec votre corps".

1 Corinthiens 6:13-20

Une fois que vous avez confessé vos péchés et reçu le Saint-Esprit, vous ne faites plus qu'un avec le Seigneur Jésus dans l'esprit. Votre esprit devient éternel comme l'esprit de Dieu.

C'est alors que vous devenez un miracle éternel. Vous ne pouvez plus mourir. Vous obtenez le pouvoir sur les péchés, les épreuves et les démons.

L'apôtre Paul, dans cette écriture, a également abordé la question du sang. Pour montrer à quel point il est sensible. Quand un homme s'unit à une femme, ils ne font plus qu'un dans la chair.

Cela signifie qu'il y a un mélange de sang de l'un et de l'autre. Nous pouvons mieux comprendre cela en prenant l'exemple d'une personne qui a le SIDA.

Si une femme est séropositive, il est possible que l'homme soit également infecté et si c'est l'homme qui est infecté, la femme le sera aussi.

Montrer que lorsque deux personnes s'unissent, il y a mélange de sang et c'est ce qui a été fait dans le jardin d'Eden.

Dieu a été contre le mélange inapproprié du sang. Lorsqu'un homme prend la femme d'un autre, Dieu est blessé parce qu'il en connaît le danger.

Le Saint-Esprit dans l'Apôtre Paul nous dit de fuir l'immoralité sexuelle parce que c'est contraire à la loi de Dieu. C'est aussi contre la loi de la reproduction.

Eve a été faite pour Adam seulement et non pour le serpent ou pour quelqu'un d'autre.

Lorsqu'un homme couche avec une femme qui n'est pas la sienne, il commet l'erreur que le serpent a commise.

Le premier à sortir avec la femme de quelqu'un était le serpent. Souvenez-vous que le serpent ne l'a pas fait de son plein gré, il était sous l'onction du diable.

Il était sous l'emprise du diable, mais Dieu ne l'a jamais épargné. Dieu l'a maudit et parce que Dieu ne change pas, il continue à punir tous ceux qui font comme le serpent.

"Lorsque les hommes commencèrent à se multiplier sur terre et que des filles leur naquirent, les fils de Dieu virent que les filles des hommes étaient belles, et ils épousèrent celle qu'ils choisirent.

Alors le Seigneur a dit: Mon esprit ne contestera pas l'homme pour toujours, car il est mortel; ses jours seront de cent vingt ans."   Genèse 6:1-3

Au temps de Noé, le péché qui a poussé Dieu à les punir était le péché d'immoralité sexuelle.

Les écritures disent que de belles filles sont nées et que les fils de Dieu ont commencé à les épouser de toute façon. Les enfants de Dieu ont commencé à courir après les belles dames de l'époque et à les épouser.

Le mot immoralité sexuelle est caché dans le mot mariage. Il est immoral parce que les fils de Dieu n'étaient pas censés épouser des filles d'hommes.

Leur mariage n'était pas agréable à Dieu. Il n'était pas conforme à la loi de la reproduction qui dit que *"chaque semence doit se reproduire selon son espèce"*. Les fils de Dieu doivent épouser des filles de Dieu, et les filles des hommes doivent épouser des fils des hommes.

Lorsqu'ils ont mélangé leur sang en se mariant les uns aux autres, Dieu a diminué leur âge et a détruit le monde par l'eau.

Cette union des Fils de Dieu et des filles des hommes a donné naissance à des hommes géants qui sont également devenus un problème pour eux à cette époque.

Les hommes devinrent mauvais au maximum jusqu'à ce que Dieu soit peiné par leurs péchés. Il regrettait la raison pour laquelle il avait créé un homme. Dieu regretta pourquoi il avait créé un homme. C'était trop et sa décision était de les détruire tous.

Dieu nous a créés, et il est celui qui nous connaît mieux que la science. Donc, quand il dit *"fuyez l'immoralité sexuelle"*, cela signifie qu'il en connaît mieux le résultat.

Lorsque Dieu parle, ce qui suit est une punition, car son esprit ne peut pas lutter éternellement avec un homme.

Au temps de Lot, Dieu a également puni les hommes à cause de l'immoralité sexuelle. Dieu est toujours contre cela mais le diable oint les gens pour qu'ils désobéissent à la parole de Dieu.

"Ils ont appelé Lot, "où sont les hommes qui sont venus chez vous ce soir? Amenez-les-nous pour que nous puissions avoir des relations sexuelles avec eux.

Lot est sorti à leur rencontre et a fermé la porte derrière lui. Et il a dit: "Non, mes amis! Ne faites pas cette chose méchante.

Ecoutez, j'ai deux filles qui n'ont jamais couché avec un homme.

Laissez-moi vous les amener, et faites tout ce que vous voudrez avec elles, mais ne faites rien à ces hommes, car ils sont venus sous la protection de mon toit."

Genèse 19:4-9

Sodome a également été brûlée à cause de l'immoralité sexuelle. À Sodome, les hommes étaient déjà fatigués des femmes.

Ils sont donc passés à l'homosexualité. Les hommes avec les hommes, et quand Dieu a vu qu'ils ont dépassé la normale, il a envoyé deux anges pour voir si c'est vrai qu'ils font cela.

Deux anges sont allés voir Lot et quand les Sodomites les ont vus, ils sont allés demander à Lot de les faire sortir. Ces gens de Sodome étaient malfaisants au maximum.

41

Lot leur proposa ses deux filles, mais pour montrer à quel point elles étaient déjà corrompues, ils refusèrent de faire quoi que ce soit avec ces filles et insistèrent pour sodomiser avec ces anges.

La Bible dit que *"jeunes et vieux forçaient Lot à faire sortir ces anges"*.

L'immoralité sexuelle est un péché que Dieu traite avec plus de fureur que tout autre parce que c'est là que le bât blesse.

"Veillez à ce que personne ne soit sexuellement immoral. Ou est athée comme Esaü, qui pour un seul repas a vendu ses droits d'héritage en tant que fils aîné."   Hébreux 12:16

Paul a d'abord dit *"fuyez l'immoralité sexuelle"* et là encore il dit *"voyez que personne n'est immoral sexuellement"*.

Comme il l'a dit dans les Corinthiens: *"Celui qui s'unit avec une femme devient un seul corps."* L'immoralité sexuelle, c'est l'hybridation, le mélange du sang, le mélange des caractères, le mélange des habitudes.

Un immoral sexuel ne peut pas recevoir le Saint-Esprit. Son corps est sale et Dieu ne peut pas rester dans un corps sale.

L'immoralité sexuelle est le péché qui a mis Adam et Eve en difficulté et aujourd'hui c'est le péché qui met beaucoup de gens en difficulté.

"N'aimez pas le monde ou quoi que ce soit dans le monde. Si quelqu'un aime le monde, l'amour du Père n'est pas en lui.

Car tout dans le monde: la soif de l'homme pécheur, la convoitise de ses yeux et la vantardise de ce qu'il a ne viennent pas du père mais du monde.

Le monde et ses désirs passent, mais l'homme qui fait la volonté de Dieu vit pour toujours".

1 Jean 1:15-17

La peine du péché est la mort. La mort signifie *"la séparation éternelle avec Dieu"*.

Jésus donne à tous ceux qui le veulent le pouvoir de vaincre le péché, et le pouvoir d'échapper à la mort, qui est le Saint-Esprit.

"Quiconque pèche enfreint la loi; en fait, le péché est l'anarchie. Et vous savez qu'Il a été manifesté pour nous enlever nos péchés, et en Lui il n'y a pas de péché.

Celui qui pèche est du diable, car le diable a péché dès le commencement. C'est pourquoi le Fils de Dieu a été manifesté, afin de détruire les œuvres du diable"

1 Jean 3:4

Le jugement dernier est proche et chacun sera jugé selon ses actes, et le malin sera brûlé.

Chapitre Trois
Le miracle éternel

Le créateur et le dirigeant de l'univers, l'Être suprême, et l'esprit vénéré qui a le pouvoir sur la nature et les fortunes humaines est appelé Dieu.

Dieu a créé des choses que l'on voit, comme l'être humain, les arbres et la nature en général, et des choses que l'on ne voit pas, comme les anges que certains ont transformés en démons ou en diables.

Les démons sont des esprits qui ne peuvent pas être vus par les yeux humains parce qu'ils n'ont pas de corps, mais qui peuvent s'incarner dans n'importe quel être humain pour accomplir ce qu'ils veulent.

Les démons sont des anges qui ont désobéi à Dieu et qui ont été chassés de la présence de Dieu et tout ange qui n'adore pas Dieu est un démon.

Les anges sont des créatures spirituelles qui obéissent à Dieu, et il leur ordonne de camper autour de tout être humain qui lui obéit pour les protéger contre les attaques spirituelles des démons.

Dieu est aussi un esprit. Il n'a pas un corps comme l'être humain. Cela signifie que Dieu ne peut pas non plus être vu.

Dieu seul a le pouvoir de créer. Aucun démon ou homme ne peut créer. Dieu étant le créateur, il a créé un homme de la même façon qu'il a créé les anges.

Un homme spirituel et parce qu'il voulait que quelque chose soit fait sur terre, il a créé un corps et a mis cet homme spirituel dans ce corps terrestre afin que l'homme spirituel puisse exécuter le plan de Dieu étant dans son corps terrestre.

Les anges qui ont désobéi à Dieu ont été condamnés à mort. Dieu les brûlera en un certain jour appelé jour du jugement.

Avant l'exécution de cette condamnation, les démons ont utilisé les corps humains pour détruire le monde et anéantir ceux qui obéissent à la parole de Dieu.

Dieu étant miséricordieux et gracieux envers l'humanité, il a vu le plan des démons, et a décidé de donner à l'humanité le pouvoir de les protéger contre l'incarnation des démons, et de rester obéissant à Dieu.

Mais ce pouvoir que Dieu donne à l'humanité est facultatif et non obligatoire. Ceux qui veulent le recevoir, Dieu leur donne et ceux qui ne le veulent pas, Dieu ne les force pas, mais quiconque n'obtient pas ce pouvoir mourra certainement et sera brûlé avec les démons au dernier jour.

Chaque être humain est un homme double. Cela signifie qu'il est fait de deux parties.

Partie spirituelle qui est l'homme lui-même et partie physique qui est le corps qu'il habite ici sur terre.

L'homme spirituel ne peut pas être vu par les yeux humains et ne peut pas être tué par une balle, un couteau ou des bombes parce que c'est un esprit. Un esprit ne peut pas être tué par des armes fabriquées par un homme, mais son corps peut être tué.

Ainsi, quand quelqu'un est mort à court terme ou brûlé, cela ne signifie pas qu'il est mort, il ne change que les lieux. Il quitte son corps mortel et retourne à sa forme initiale en attendant le jour du jugement dernier, le jour où toutes ses actions seront mesurées s'il a obéi ou non à Dieu.

Lorsque le corps d'un homme est détruit par un incendie, une crise cardiaque ou un virus, l'homme spirituel quitte son corps. Ce départ s'appelle la mort humaine, mais spirituellement est appelée la première mort.

La première mort, parce que le corps a été détruit, mais l'esprit est vivant quelque part, et cet esprit sera tué au jour du jugement, mourir s'il n'a pas reçu la puissance de Dieu quand il était dans son corps terrestre ici sur terre.

Dieu est éternel, il n'a ni commencement ni fin. Il vit pour toujours et à jamais. Il donne le pouvoir éternel à chacun afin qu'ils vivent aussi éternellement comme lui.

Les esprits des hommes et des femmes qui recevront la puissance de Dieu ici sur terre avant que leur corps terrestre ne soit détruit ou avant que la première mort ne les trouve, vivront pour toujours parce qu'ils sont devenus une partie du Dieu éternel.

Quel est donc le miracle éternel? C'est l'action d'un homme qui reçoit la puissance de Dieu en lui. Le miracle éternel est le processus qui consiste à passer de l'état de mortel à celui d'immortel.

On appelle cela un miracle parce qu'un homme devient immortel, alors qu'il est encore dans un corps mortel. Il ne peut plus mourir. Il vivra éternellement et à jamais comme Dieu.

Cet homme peut faire face à la première mort, qui n'est pas la mort proprement dite, mais il ne fera pas face à la seconde mort.

La seconde mort est celle où tous les êtres humains seront jugés selon leurs actions sur terre. Ceux qui seront jugés coupables seront brûlés avec les démons et se perdront à jamais.

Ceux qui ne seront pas jugés coupables reviendront sur terre plus tard et vivront pour toujours et à jamais.

Dieu est le créateur et rien n'est impossible. Vérifiez que vos actions sont conformes à sa parole. La parole de Dieu est la Bible. C'est la norme et Dieu jugera tout le monde par sa parole, la Bible.

L'homme spirituel ne dort pas jour et nuit. C'est le corps qui dort parce qu'il est fatigué.

Si vous êtes de ceux qui rêvent, vous découvrirez que lorsque vous rêvez, vous vous voyez faire du personnel pendant votre sommeil. C'est comme si vous regardiez un film.

L'homme spirituel est juste celui qui vit, celui qui parle, celui qui fait tout ce qu'un homme fait. Le corps humain ne fait qu'exécuter ce que l'homme spirituel veut faire, que ce soit bien ou mal.

Le miracle éternel est donc le miracle qui se produit à l'intérieur d'un homme, et quand il se produit, les actions et l'attitude de l'homme changent complètement.

Son corps reste le même, mais ses actions et ses désirs changent. S'il avait l'habitude de boire de l'alcool, il abandonne cette habitude.

S'il avait l'habitude de fumer des cigarettes, il arrête et s'il avait l'habitude de forniquer, il arrête.

Sa vie devient différente. Ainsi, le miracle éternel se produit lorsqu'un homme reçoit le pouvoir de Dieu de le contrôler et de le conduire sur le chemin que Dieu veut qu'il emprunte.

Les démons n'auront jamais de pouvoir sur lui. Ils ne peuvent plus l'influencer ou l'inspirer parce qu'il y a la puissance de Dieu en lui. Son corps devient le temple du Saint-Esprit.

Lorsque le miracle éternel a lieu dans le cœur de quelqu'un, il lui fait vivre une vie sainte, pure et juste devant Dieu et les hommes.

Et lorsque sa maison ou son corps terrestre est détruit par la maladie ou par accident, il n'aura pas honte au jour du jugement, qui est la seconde mort.

Tout être humain qui ne reçoit pas la puissance de Dieu dans sa vie lorsqu'il est sur terre n'aura jamais la chance, une fois mort, sauf d'être soumis au jugement de Dieu qui est la mort.

"Efforcez-vous de vivre en paix avec tous les hommes et d'être saints; sans la sainteté, personne ne verra le Seigneur".

Hébreux 12:14

La parole de Dieu dit que nous devons faire un effort pour être en paix avec tous, et être saint, mais ce n'est pas ce qui se passe. Les gens se battent toujours les uns contre les autres, se font du mal comme des animaux.

Ce n'est pas parce qu'ils le veulent mais à cause de la puissance démoniaque qui est toujours après les gens et pour les conquérir, vous avez besoin du Saint-Esprit en vous.

"Heureux les artisans de paix, car ils seront appelés fils de Dieu."

Matthieu 5:9

"Celui qui croit au Fils a la vie éternelle, mais celui qui rejette le Fils ne verra pas la vie, car la colère de Dieu demeure sur lui."

Jean 3:36

Dieu est amour et Satan est l'opposé de Dieu. Satan s'incarne toujours dans le corps des gens pour qu'ils fassent le contraire de la parole de Dieu.

"Nous savons que nous avons appris à le connaître si nous obéissons à ses commandements.

L'homme qui dit: "Je le connais", mais qui ne fait pas ce qu'il commande est un menteur, et la vérité n'est pas en lui.

Mais si quelqu'un obéit à sa parole, l'amour de Dieu est vraiment complet en lui. C'est ainsi que nous savons que nous sommes en lui:

53

Quiconque prétend vivre en lui doit marcher comme Jésus l'a fait".

I Jean 2:4-6

Quiconque dit qu'il aime Dieu doit être comme Jésus-Christ. Parler comme lui, vivre comme lui et être prêt à tout moment pour l'œuvre de Dieu.

Chapitre Quatre

L'importance du miracle éternel

Le jour du jugement des démons est sur le point d'avoir lieu. Ceux qui ont été incités par des démons à commettre des péchés seront également jugés avec eux.

Mais ceux qui ont reçu le miracle éternel et fuient l'incitation des démons ne seront pas du tout jugés comme nous l'avons vu précédemment. Les démons sont la source de toutes les choses mauvaises sur terre, comme les guerres, le terrorisme, l'immoralité sexuelle et la corruption.

Les démons sont à l'origine des bombes nucléaires, de l'hydrogène et des armes biologiques. Ce sont toutes des idées démoniaques qui inspirent les gens à remplir leur mission qui est de détruire le monde afin que ceux qui leur ont échappé n'aient pas d'endroit où rester.

Dieu est le créateur de la terre et du ciel. Il va créer une nouvelle terre et un nouveau ciel où règneront la paix et l'harmonie.

Satan ne peut pas créer, et parce qu'il ne peut pas le faire, il utilise encore sa formule d'hybridation pour créer des armes, pour détruire le monde.

Les démons sont contre le miracle éternel. Les démons sont conscients qu'une fois que quelqu'un reçoit le Saint-Esprit, cette personne vivra pour toujours, et parce qu'ils sont déjà jugés et savent que leur fin est proche, ils essaient de faire pécher tout le monde par tous les moyens.

Les démons ont mis au point des armes qui détruiront complètement ce monde, et aucun homme ne doit se tenir devant ces armes. Les démons incitent les pays développés à se battre, mais Dieu intervient parce qu'il y a des gens qui doivent être sauvés.

Les démons ont essayé de détruire ce monde au cours des guerres mondiales, afin que personne ne soit sauvé du tout. Mais louange et gloire à Dieu notre Roi qui a mis fin à toutes les guerres mondiales afin que chacun ait la chance de se repentir et d'obtenir le miracle éternel.

Il nous a rachetés par son propre sang. Nous sommes à lui.

Dieu ne va plus sauver le monde comme il l'a fait pendant la Première et la Seconde Guerre mondiale. Les gens ont commencé à se sodomiser, l'homosexualité, c'est fini.

Avant, c'était une honte de parler des homosexuels, mais aujourd'hui, même les chefs d'État sont homosexuels et les pays développés imposent maintenant des sanctions aux pays en développement qui s'y opposent.

"De la même manière, les hommes ont également abandonné les relations naturelles avec les femmes et ont été enflammés par la convoitise les uns pour les autres.

Les hommes ont commis des actes indécents avec d'autres hommes, et ont reçu en eux-mêmes la sanction qui leur était due pour leur perversion".

Romains 1:27

Dieu est juste et reste-le même. S'il a brûlé Sodome à cause de l'homosexualité, ce monde sera bientôt brûlé aussi.

Dieu ne veut pas que quelqu'un se perde, mais les hommes sont des hommes justes quoi qu'il arrive, certains doivent se perdre de toute façon.

"Ils diront:

"Où cela va-t-il venir, comme il l'a promis? Depuis que nos pères sont morts, tout continue comme depuis le début de la création".

2 Pierre 3:4

L'importance du miracle éternel est que vous récupériez ce qu'Adam et Eve ont perdu, le pouvoir sur la mort, le pouvoir de vivre éternellement.

Lorsque vous recevez le Saint-Esprit, votre esprit est changé pour toujours et vous devenez immortel comme Dieu.

Le Saint-Esprit vous donne le pouvoir d'apparaître et de disparaître à tout moment; ce qui signifie que lorsque ce monde sera détruit, si vous êtes encore en vie, le Saint-Esprit en vous vous fera disparaître.

"Lorsqu'ils sortirent de l'eau, l'esprit du Seigneur emporta soudain Philippe, et l'eunuque ne le revit plus, mais poursuivit son chemin en se réjouissant.

Philippe, cependant, apparut à Azotus et voyagea, prêchant l'évangile dans toutes les villes jusqu'à ce qu'il atteigne Césarée".

Actes 8:39-40

Philippe était un homme rempli du Saint-Esprit. Il prêchait à un certain eunuque, et cet homme a cru et a demandé à Philippe de le baptiser en eau profonde.

Philippe l'a fait, et quand il a eu fini, il a disparu. L'ange du Seigneur l'a fait disparaître et apparaître ailleurs, de même pour vous lorsque vous obtenez ce pouvoir.

Le miracle éternel est réel, et ceux qui l'obtiendront rencontreront Jésus à son retour.

"Car le Seigneur lui-même descendra du ciel, avec un grand ordre, à la voix de l'archange et au son de la trompette de Dieu, et les morts en Christ ressusciteront premièrement.

Ensuite, nous qui sommes encore vivants et qui restons, nous serons enlevés avec eux sur les nuées pour rencontrer le Seigneur dans les airs. Et ainsi nous serons avec le Seigneur pour toujours.

Encouragez-vous donc mutuellement par ces paroles".

1 Thessaloniciens 4:16-18

La fin du monde est proche. Beaucoup se moquent de savoir où est Jésus et ainsi de suite.

Mais il est certain que la troisième guerre mondiale va tout détruire, et que personne ne survivra à l'explosion, sauf ceux qui auront le Saint-Esprit pour les faire décoller.

Lorsque cette guerre commencera, ceux qui sont morts en Jésus sortiront et nous, qui serons vivants, nous serons changés et nous disparaîtrons.

Nous irons dans les airs pour rencontrer Jésus. Recevez le Saint-Esprit tant que vous êtes encore en vie, une fois que vous êtes mort, c'est fini. Vous n'en serez jamais capable et vous vous perdrez.

"Ils regardaient attentivement le ciel pendant qu'il s'en allait, puis soudain deux hommes vêtus de blanc se tenaient à côté d'eux.

"Hommes de Galilée, dirent-ils, pourquoi restez-vous là à regarder le ciel?

Ce même Jésus, qui vous a été enlevé au ciel, reviendra de la même façon que vous l'avez vu aller au ciel.

Actes 1:10-11

61

Jésus va bientôt revenir, et parce qu'il vit pour toujours, il sera aussi vu avec ceux qui vivront pour toujours.

Cela signifie que ceux qui n'ont pas le Saint-Esprit ne le verront pas quand il reviendra pour prendre son peuple.

"Le Seigneur ne tarde pas à tenir sa promesse, comme certains le comprennent.

Il est patient avec vous, ne voulant pas que quelqu'un périsse, mais que chacun vienne à la repentance.

Mais le jour du Seigneur viendra comme un voleur. Les cieux disparaîtront en rugissant, les éléments seront détruits par le feu, la terre et tout ce qu'elle contient seront mis à nu".

2 Pierre 3:9-10

Chapitre Cinq

Comment recevoir

Le miracle éternel

Ne vous inquiétez donc pas, en disant "Que mangerons-nous? Ou "Que buvons-nous? Ou "Que devons-nous porter?

Car les païens courent après toutes ces choses, et votre père céleste sait que vous avez besoin d'eux.

Mais cherchez d'abord son royaume, et toutes ces choses vous seront données aussi".

Matthieu 6:31-33

Jésus a observé les hommes et a vu comment ils étaient occupés à pêcher, cultiver, vendre et faire beaucoup de mauvaises actions justes pour être riches ici sur terre.

Ses enseignements étaient différents de ceux des autres prédicateurs de son époque.

Peut-être que celui-ci est également différent de l'évangile qui était entendu mais qui supporte moi pendant un certain temps.

Les hommes riches de son époque le regardaient comme s'il n'était rien, alors qu'il était le Roi des rois, le Seigneur des seigneurs, le créateur de la terre et des cieux.

Il a dit que notre père aux cieux connaît tous nos besoins. Dieu sait ce dont nous avons besoin et ce dont nous n'avons pas besoin.

Il a dit que nous devons d'abord chercher le royaume de Dieu. Le Saint-Esprit d'abord, et ensuite ces autres choses s'ajouteront à nous.

Donc, selon cette écriture, la nourriture, les boissons et les vêtements ne sont que des bonus. Ce qui est étrange, c'est que de nos jours, les gens sont occupés à courir après les bonus au lieu de courir après l'essentiel.

Le Saint-Esprit est le royaume de Dieu. Et quiconque a reçu le Saint-Esprit a tout en lui. Mais le diable est occupé à tromper les gens en leur faisant croire qu'ils vont mourir pauvres.

Ces faux prophètes n'ont pas été envoyés pour vous aider à recevoir le miracle éternel, mais des miracles temporaires qui vous conduiront à la grêle.

De nombreux prophètes sont envoyés pour faciliter le chemin des gens vers la grêle. Au lieu de cela, ils prêchent la vérité sur le Saint-Esprit pour que les gens puissent être sauvés, ils sont occupés à prêcher la prospérité.

"A partir de ce moment, Jésus a commencé à prêcher: "Repentez-vous car le royaume des cieux est proche."

Matthieu 4:17

Jésus a prêché la repentance du péché afin que les gens reçoivent le royaume des cieux.

Le Saint-Esprit ne peut jamais rester dans un corps pécheur, car nous avons vu que nos corps sont des temples du Saint-Esprit.

Jésus, sachant tout cela, a commencé à prêcher la repentance des péchés en premier et rien d'autre, car quiconque a le Saint-Esprit est conduit par

Dieu, et tant qu'il sera votre berger, vous ne manquerez de rien du tout.

"Le Seigneur est mon berger, je ne manquerai de rien. Il me fait reposer dans de verts pâturages, il me conduit au bord d'eaux tranquilles.

Il restaure mon âme. Il me guide dans les sentiers de la justice, pour l'honneur de son nom. Même si je marche dans la vallée de l'ombre de la mort, je ne crains aucun mal, car tu es avec moi; ta houlette et ton bâton me réconfortent.

Tu prépares une table devant moi, en présence de mes ennemis. Tu oins d'huile ma tête, ma coupe déborde.

La bonté et l'amour me suivront tous les jours de ma vie et j'habiterai dans la maison du Seigneur pour toujours.

Psaume 23

Dieu a été avec Israël dans le désert pendant quarante ans. Il les a nourris avec la nourriture céleste, il leur a donné de l'eau du rocher.

Ils ont eu les mêmes vêtements pendant quarante ans, les mêmes chaussures pendant quarante ans. Quand l'eau était amère, il la changeait en eau douce.

Il était leur berger jour et nuit. Il était leur guide. Dieu était devant eux le jour comme un nuage, et la nuit comme une colonne de feu.

Ils ne manquaient de rien du tout. Lorsqu'ils étaient attaqués par les serpents de feu, Dieu disait à Moïse de soulever un serpent d'airain sur un bâton et celui qui le regardait vivait, et celui qui refusait de le regarder mourait.

C'était simple, mais il fallait avoir la foi. Ce serpent d'airain signifiait que le péché était déjà jugé.

"De même que Moïse a soulevé le serpent dans le désert, de même le fils de l'homme doit être soulevé, afin que quiconque croit en lui ait la vie éternelle." Jean 3:14-15

Jésus est tout pour nous. Il aime tellement les gens et il veut que tout le monde soit sauvé.

Mais comme il l'a fait dans le désert, il le fait aujourd'hui. Regardez Jésus et vivez.

"Voici maintenant la vie éternelle: qu'ils te connaissent, toi, le seul vrai Dieu, et Jésus-Christ, que tu as envoyé."

Jean 3:17

Si tu confesses de ta bouche: "Jésus est le Seigneur, et si tu crois dans ton cœur que Dieu l'a ressuscité d'entre les morts, tu seras sauvé.

Car c'est avec le cœur que vous croyez et que vous êtes justifiés, et c'est avec la bouche que vous confessez et que vous êtes sauvés.

Comme le dit l'Écriture: "Celui qui a confiance en lui ne sera jamais confus".

Romains 10:9-11

"Car quiconque invoquera le nom du Seigneur sera sauvé."

Romains 10:13

68

"Le salut ne se trouve en personne d'autre, car il n'y a sous le ciel aucun autre nom donné aux hommes, par lequel nous devions être sauvés."

Actes 4:12

Confessez vos péchés et croyez qu'il est mort en votre nom au Calvaire, qu'il a pris tous vos péchés et que vous serez sauvés. Il est le grand prêtre de notre confession.

"Qu'au nom de Jésus, tout genou fléchisse dans les cieux, sur la terre et sous la terre, et que toute langue confesse que Jésus-Christ est Seigneur, à la gloire du père."

Philippiens 2:10-11

Pierre répondit: "Repentez-vous et faites-vous baptiser, chacun de vous, au nom de Jésus-Christ, pour le pardon de vos péchés. Et vous recevrez le don du Saint-Esprit".

Actes 2:38

"Mais maintenant, vous devez vous débarrasser de toutes ces choses: colère, rage, malice, calomnie, et langage grossier de vos lèvres.

Ne vous mentez pas les uns aux autres, puisque vous avez enlevé votre ancien moi avec ses pratiques, et que vous avez mis un nouveau moi, qui se renouvelle dans la connaissance à l'image de son créateur".

Colossiens 3:8-10

"Et quoi que vous fassiez, quoi que ce soit en paroles ou en actes, faites-le au nom du Seigneur Jésus, en rendant par lui grâce à Dieu le Père."

Colossiens 3:17

Chapitre six
Le programme divin de Dieu

Nous vivons à une époque où le bien est le mal et le mal est le bien. Une époque de confusion; une époque où un homme veut devenir une femme et une femme veut devenir un homme.

Malgré toutes ces confusions, le plan divin de Dieu reste le même. Satan a essayé de le brouiller, mais le plan de Dieu reste intact.

Nous avons vu que Dieu et Satan sont tous deux des esprits. Les esprits n'ont pas de corps. Ils ont besoin d'un corps pour pouvoir exécuter leur plan.

Tout homme sur la terre est motivé par ces deux esprits: le Saint-Esprit et le démon. Il n'y a pas de point neutre dans cette affaire. Tout comme être une femme ou un homme.

Il n'y a pas de genre neutre. C'est soit un homme, soit une femme.

Donc si vous n'êtes pas motivé par l'esprit de Dieu, alors vous êtes motivé par le mauvais esprit. Aller à l'église ne signifie pas que vous êtes sauvé.

Caïn allait prier avec Abel, mais il était toujours du mal.

Jésus a parlé de cette époque où de nombreux faux prophètes se lèveront et en tromperont beaucoup s'il était possible que même les élus puissent être trompés.

C'est l'âge où beaucoup viendront au nom de Jésus-Christ. Ils se donneront de grands noms simplement pour tromper les gens.

Mais c'est à leurs fruits que vous les reconnaîtrez. Ils feront de grands miracles et des prodiges, mais ils ne sont pas des gens de Dieu.

"Or il arriva, alors que nous étions en prière, qu'une certaine esclave possédée d'un esprit de divination nous rencontra, qui apporta à ses maîtres beaucoup de profit en leur disant la bonne aventure.

Cette jeune fille nous a suivis, Paul et nous, et s'est écriée: "Ces hommes, qui sont les serviteurs du Dieu Très-Haut, nous annoncent la voie du salut.

Actes 16:16-17

Cette époque est pleine de séduction au plus haut niveau. Certains de ces soi-disant prophètes sont possédés de l'esprit de divination. Ils vous diront qui vous êtes, vos problèmes et tout ce qui concerne vos affaires, ce qui est vrai mais ce n'est pas Dieu. C'est un esprit maléfique qui joue avec vous.

Ainsi, lorsque vous allez à l'église ou ailleurs pour adorer Dieu, ne suivez pas les miracles mais plutôt la parole de Dieu.

La terre et le ciel passeront, mais sa parole ne passera jamais. Vous les connaîtrez par leurs fruits. Surveillez-les après les offices; vivent-ils selon la parole? Prêchent-ils la parole ou la prospérité ?

Jésus a prêché la repentance, et après avoir rempli du Saint-Esprit ceux qui le croyaient.

73

Paul, Pierre, Philippe et d'autres apôtres ont prêché sur la repentance et après avoir baptisé ceux qui croyaient, ils recevaient le don du Saint-Esprit.

À notre époque, les gens se soucient des livres saints, mais ils ne font pas ce qui est écrit à l'intérieur. Les prêcheurs prêchent le contraire. Ils prêchent l'évangile social au lieu du plein évangile des apôtres et des prophètes.

"Construit sur le fondement des apôtres et des prophètes, avec le Christ Jésus lui-même comme principale pierre angulaire."

Ephésiens 2:20

Le moyen le plus simple de savoir si un prophète ou un apôtre est possédé est de comparer ses enseignements avec la Bible. S'il enseigne ce que les apôtres et les prophètes ont enseigné, la Bible est la norme.

Les démons connaissaient mieux Jésus quand il était sur terre que le grand prêtre et les prêtres de l'époque.

Les prêtres appelaient Jésus un démon, mais les démons appelaient Jésus Fils de Dieu. Voyez la différence entre les démons et les soi-disant prêtres.

"Lorsqu'il arriva de l'autre côté, dans la région des Gadaréniens, deux hommes possédés de démons venant des tombes le rencontrèrent.

Ils étaient si violents que personne ne pouvait passer par là. Que nous veux-tu, Fils de Dieu? Ils crièrent. "Es-tu venu ici pour nous torturer avant l'heure prévue?"

Matthieu 8:28-29

Nombreux sont ceux qui sont possédés par l'esprit de divination à notre époque. Il y en a aussi qui sont remplis du Saint-Esprit.

La seule façon de faire la différence entre les deux est toujours de comparer leurs enseignements avec la Bible.

Paul et Pierre croyaient dans des endroits différents, mais ils enseignaient les mêmes choses.

Ils baptisaient tous deux au nom de Jésus, et leur principale préoccupation était le Saint-Esprit. Les gens devraient être baptisés par le Saint-Esprit, ce qui n'est pas le cas de nos jours.

Jésus a amené les gens à se repentir et à être ensuite remplis du Saint-Esprit. Jésus est la voie de Dieu. Voici ce qui se passe quand quelqu'un se repent et reste sans recevoir le Saint-Esprit.

"Ils leur promettent la liberté, alors qu'ils sont eux-mêmes esclaves de la dépravation, car un homme est esclave de ce qui l'a maîtrisé.

S'ils ont échappé à la corruption du monde en connaissant notre Seigneur et en sauvant Jésus-Christ et qu'ils s'y trouvent à nouveau empêtrés et vaincus, leur situation est pire à la fin qu'elle ne l'était au début. Il aurait été préférable pour eux de ne pas connaître la voie de la justice, de la connaître et de tourner ensuite le dos aux commandements sacrés qui leur ont été transmis.

Parmi eux, le proverbe est vrai: "Un chien retourne à son propre vomi et "Une truie lavée retourne se vautrer dans la boue".

Lorsqu'un prédicateur qui n'a pas le Saint-Esprit prêche aux gens, il cause un danger qu'il ne pourrait pas causer s'il ne pouvait pas prêcher du tout. C'est pourquoi Jésus a dit à ses disciples d'attendre à Jérusalem la puissance qui vient d'en haut.

Les gens sont possédés par toutes sortes de démons. Quand quelqu'un se repent, le démon sort, et se promène dans des endroits secs, en chassant un endroit pour trouver du repos". Il ne le trouve pas où se reposer, il retourne d'où il vient".

Quand il revient à cette personne qu'il était une fois dans, et qu'il trouve que la maison est toute balayée, nettoyée, sanctifiée, toute condamnation disparue. Oh, juste un croyant vraiment heureux, mais elle est vide, c'est-à-dire sans le Saint-Esprit.

Il va amener sept autres esprits plus mauvais que lui, et il revient dans sa maison avec ces sept autres.

Un homme qui a confessé le Christ comme son sauveur, s'est débarrassé de sa méchanceté, s'est sanctifié, s'est purifié. Son cœur est tout balayé, et il se sent libre!

Il reprend les choses qu'il a volées. Il va se confesser à son mari ou à sa femme. Il se purifie vraiment. Et puis, le truc, c'est qu'il est juste propre, et devient une vraie bonne cible pour le diable.

Alors, le démon revient, et trouve ce cœur nettoyé mais sans le Saint-Esprit. Puis il s'en va et en prend sept autres. La dernière propriété de cet homme est sept fois pire qu'au début. Après avoir cru et avoir été baptisé, les gens ont été remplis du Saint-Esprit. Et c'est le programme divin de Dieu.

À propos de l'auteur

Jackson Eliya Namujanda est né le dimanche 7 mai 1989 en Afrique de l'Est. Il est entrepreneur, enseignant, prédicateur, auteur et interprète.

Il possède une école de langues et une maison d'édition. Il parle le français, l'anglais, le swahili et l'italien.

Il est l'auteur de:

Le miracle éternel

La fierté des Juifs

Ne blâmez pas le Diable

Le Cercle d'amour

Le noble grand-père etc.

Tous ces livres sont disponibles sur amazon.com en français et en anglais.

Jacksoneliya1@gmail.com ou +267 777 34 525

Que Dieu vous bénisse!